LUIGI PIRANDELLO

Vitória das formigas
E OUTROS CONTOS DE ANIMAIS

Luigi Pirandello

Vitória das formigas
E OUTROS CONTOS DE ANIMAIS

Tradução e seleção de
Francisco Degani

São Paulo – 2019
1ª edição

© *Copyright*, 2019 – Editora Nova Alexandria
2019 – 1ª edição. Em conformidade com a Nova Ortografia.
Todos os direitos reservados.

Editora Nova Alexandria
Rua Engenheiro Sampaio Coelho, 111
04261-080 – São Paulo – SP
Fone/fax: (11) 2215-6252
Site: www.lojanovaalexandria.com.br

Tradução e seleção: Francisco Degani

Revisão: Augusto Rodrigues

Capa: Maurício Mallet

Editoração eletrônica: Viviane Santos e Eduardo Seiji Seki

DADOS INTERNACIONAIS DE CATALOGAÇÃO NA PUBLICAÇÃO (CIP)
ANGÉLICA ILACQUA CRB-8/7057

Pirandello, Luigi, 1867-1936
   Vitória das formigas e outros contos de animais ; organizado e traduzido por Francisco Degani, ilustrações de Rodrigo Degani. – São Paulo : Nova Alexandria, 2019.
   76 p.

ISBN: 978-85-7492-459-5

1. Literatura italiana 2. Contos italianos I. Título II. Degani, Francisco

16-0113   CDD 853

Índices para catálogo sistemático:
1. Literatura italiana

Índice

Apresentação 07

A libertação do rei 11

A pirueta 25

A vingança do cão 37

Vitória das formigas 53

A prova 63

As fábulas da raposa 71

Apresentação

Os filósofos erraram em não pensar nos animais, e diante dos olhos de um animal desmorona como um castelo de cartas qualquer sistema filosófico.

Luigi Pirandello

Luigi Pirandello, escritor, dramaturgo e poeta, nasceu na cidade de Agrigento, na ilha italiana da Sicília, em 1867, e é um dos mais importantes autores italianos e mundiais do século XX. Mais conhecido pelas suas obras para teatro, também escreveu poesia, romances e contos.

Seus contos, intitulados por ele *novelas* na melhor tradição da narrativa italiana, são baseados em pequenas histórias cotidianas e formam um mosaico do qual é feita a vida de todos nós: uma pequena notícia de jornal, um amor acabado ou nem começado, a perda de um ente querido, o apito de um trem.

Tudo explode em uma miríade de situações, a maioria das quais absurdas, que o autor nos apresenta e nelas, muitas vezes, nos reconhecemos.

Assim preocupado em representar todas as facetas da natureza humana, não poderia faltar em suas novelas a presença dos animais, pois o que seria do homem sem os animais? Desde sempre eles acompanharam a trajetória do ser humano. Precedendo seu surgimento, os animais sempre participaram do cotidiano do homem, estimularam sua imaginação, ajudaram-no no trabalho, fizeram-lhe companhia e garantiram sua sobrevivência. A identidade humana está ligada, em grande parte, aos animais. Eles são cúmplices de nossa existência, transmitindo-nos sua experiência e seu afeto. É por intermédio deles, selvagens ou domésticos, que somos capazes de interagir com a natureza que nos cerca e da qual muitas vezes esquecemos que fazemos parte.

Esta pequena coletânea apresenta cinco novelas e um diálogo onde a natureza humana se reflete no mundo animal. Uma rivalidade entre vizinhas transborda para seus quintais e espelha-se na rivalidade de dois galos para dominar o terreiro (*A libertação do rei*); dois cavalos puxam uma carroça fúnebre enquanto discutem e analisam a vaidade humana, mesmo

Apresentação

diante de uma situação corriqueira que é a morte (*A pirueta*); em *A vingança do cão*, a intolerância, a injustiça e a maldade acabam por causar uma tragédia; na novela *Vitória das formigas*, as formigas são o ponto culminante da loucura do anônimo protagonista que as imagina aliadas com o vento para completar sua derrocada pessoal e financeira, representando arrependimentos ou remorsos por tudo aquilo que se deveria ter feito e não se fez; um urso que entra numa igreja e se diz enviado por Deus para pôr à prova dois missionários (*A prova*) desvela a falta de integração do homem com o místico e a natureza; finalmente, *As fábulas da raposa* invertem a ótica das fábulas e num diálogo divertido uma raposa e um coelho fazem críticas à natureza humana.

Essas poucas novelas, em meio a tantas outras escritas pelo autor, configuram-se, assim, como uma "metáfora desajeitada e incerta": a falsa metáfora do homem que frequentemente esquece sua natureza animal.

Francisco Degani

A libertação do rei

Có, có, có... píu, píu, píu... có, có, có...

A Mangiamariti, como de costume, assim que acabava de fazer uma das suas, punha-se a chamar assim as galinhas.

Todas elas, de pés amarelos, atendiam ao seu chamado cacarejando. Mas ela não se importava com as galinhas; esperava o velho galo preto, pequeno e despenado, que acudia por último. Sentada na soleira da porta, estendia-lhe os braços gritando:

– Querido! Amor da mamãe! Venha, querido, venha!

E como o galo lhe saltasse ao colo tremendo, batendo as asas, começava a afagá-lo, beijá-lo na crista, ou o agarrava com dois dedos e lhe sacudia amorosamente as lânguidas barbelas, repetindo entre beijos e carícias:

– Meu lindo! Lindo da mamãe! Sangue do meu coração! Meu amor!

Certas cenas que, se não fosse um galo, quem sabe o que se poderia suspeitar. Velho, feio, com a crista rachada e pendurada de um lado, não valia um tostão. No entanto, era de se ver. Coitado de quem tocasse nele!

Mas tanto aquele galo, quanto as dez galinhas, que botavam pontualmente dez ovos ao dia, estariam certamente mortos de fome, se por aquele beco imundo e íngreme não passassem muitos asnos e muitas mulas. Porque ela queria sim os ovos das galinhas, e não lhes dar de comer.

A vida é uma cadeia. O que uns botam fora digerido, serve a outros que estão em jejum. E aquelas galinhas corriam vorazes e briguentas atrás daqueles asnos e mulas, pródigos de supérfluo. Santa economia da natureza!

– Que sabor, dona Tuzza Michis, me diga, que sabor tinham ontem seus ovos?

Ah, um mel! Porque dona Tuzza Michis, a dona daquele beco, não comprava os ovos da Mangiamariti. Aqueles ovos? Aos cães! E nem os cães os queriam.

Com um lenço de algodão vermelho amarrado em volta da cabeça à carroceiro, como que para ressaltar melhor a pele do rosto que tinha a cor e a dureza lisa da fava seca,

A libertação do rei

dona Tuzza Michis um dia ia até o patamar da escadinha íngreme, segurando com as mãos ensacadas num par de luvas sujas de homem o cabo da panela onde ainda frigiam, vermelho-douradas, as mais belas trilhas; em outro era vista ali em pé à porta depenando bem devagar um frango, com displicente delicadeza; e, entre as penas e plumas que o vento carregava, como no dia anterior entre a fumaça da panela, dizia alto, com lamentosa cantilena:

– Sem pecado, penitência, seja feita a vontade de Deus, sem pecado, penitência!

Depois, retirando-se para continuar a cuidar de suas delicadas iguarias, que enchiam de deliciosos odores todos os barracos do beco, amarelos de fome, começava a cantar a plenos pulmões:

Bela sorte foi a minha
estar fechada na abadia...

Tudo isso, para matar de raiva e inveja aquelas línguas de víbora da vizinhança que, mesmo afogadas na mais sórdida miséria, apanhando de cinto dia e noite, e deixadas em jejum pelos maridos, tinham coragem de falar mal dela, de rir dela, porque não conseguira encontrar marido por causa da feiura.

E quando, ou de manhã bem cedo ou ao pôr do sol, ouvia-se o grito de dom Filomeno Lo Cicero que passava dançando e cantando com a baquetinha na mão:

Quem tem cabelos, eu os compro;
o que consigo, é o que como;
como com minha esposa;
azar de vocês, azar e tristeza.

– Dom Filomé, – dizia-lhe, chegando à porta com os cabelos soltos e o pente na mão, – venha, venha cortar os meus, que eu viro freira! Mas vendo por cem onças, dom Filomé! Nem um centavo a mais ou a menos.

– Cem onças! Porque estes cabelos são para fazer a trança da rainha da Espanha, que é careca! – comentava a Mangiamariti, e logo depois:

– Có, có, có... píu, píu, píu... có, có, có...

Mas, desta vez, chamava as galinhas de raiva. Pois ela realmente se tornara freira da miséria, isto é, cortara os cabelos para vendê-los a dom Filomeno, por três tarís, cabelos e tudo: vivos, penteados e não penteados.

E as penas deste galo que está no seu colo também, não?

– Este? – disparava a Mangiamariti, levantando e brandindo alto o galo. – Uma pena deste galo, para seu governo, vale mais do que toda a sua cabeleira de estopa cheia de piolhos, mulher dos diabos!

Pois bem, a Michis, naquele ano, para tormento da Mangiamariti, comprara um magnífico galo, um galo maravilhoso, que sacrificaria para a próxima festa de Natal, pois não queria animais em casa, nem o gato. Depois de mostrá-lo de porta em porta por todo o beco, colocou-o para engordar no pequeno quintal que ela chamava de jardim, atrás da casa; e como devia ficar com ele por algumas semanas, pensou em lhe dar um nome e chamou-o Cocó.

– Bravo, canta, Cocó! – gritava-lhe alto, quando ele cantava, quase como se cantasse para irritar as vizinhas. E: – Coma, Cocó! – quando lhe dava de comer; – Beba, Cocó! – quando de beber; e ainda, de hora em hora: – Aqui, Cocó, venha aqui! Muito bem, Cocó!

E o galo, surdo. Comia, bebia, cantava, quando queria; depois, além de não atender ao chamado, nem se voltava. Desdenhava aquela patroa escura como um tição, com olhos ovalados e uma boca que parecia a fenda de um balcão de taverna; desdenhava aquele apelido familiar; desdenhava aquele imundo e úmido quintalzinho, onde ela o relegara; balançava a crista vermelha, refletindo luz de todas as penas furta-cor, olhava de lado, por compaixão; ou sacudia a juba verde de reflexos dourados; erguia majestoso, uma pata depois da outra; e, antes de se voltar, olhava novamente de través como que para impedir que as magníficas penas da cauda tocassem a sujeira daquele assim chamado jardim. Sentia-se rei, e se sentia na prisão. Mas não queria se humilhar. Queria estar na prisão como rei. E gritava isto ao amanhecer, gritava em todas as outras horas designadas, e, depois de gritar, mais do que à escuta, parecia ficar esperando que de manhã o sol e nas outras horas todos os galos, que de longe lhe respondiam, viessem em seu socorro, para libertá-lo.

Não lhe passava pela cabeça que a um galo como ele pudesse tocar a sorte de um mísero franguinho qualquer, que aquela dona feia o tivesse comprado para torcer-lhe o pescoço dali a pouco.

Antes de ser trancado naquele quintalzinho, tivera em Ravanusa doze galinhas em seu poder, uma mais bela do que a outra, todas marcadas na crista pelas intrépidas bicadas de seu bico imperioso; queridas galinhas dóceis, mas ferozmente ciumentas e orgulhosas dele, porque nenhum dos muitos galos que reinavam ali e nos arredores tinha a sua majestade e a sua voz.

Uma a uma, depois, vira levarem embora aquelas suas esposas submissas, por fim, num dia terrível, ficara viúvo e sozinho. Então, ele também fora pego furtivamente e entregue pelas patas àquela que agora o mantinha ali, bem alimentado sem dúvida, mas por quê? Que vida era aquela? Esperava todos os dias que, ou aquelas queridas antigas galinhas raptadas de seu amor e sua proteção fossem trazidas para fazê-lo esquecer a prisão, ou esta de alguma outra forma tivesse fim.

Por acaso ele era galo de ficar sem galinhas? Cantava e cantava. Gritos de protesto, de indignação, de raiva, de vingança.

Até que, uma manhã, no canto do quintalzinho... – mas como? O que era? Sim, um canto que ele conhecia bem... *có,có,có*... mas como ali? Debaixo da terra?... *có,có,có*... alguns tímidos, rápidos golpezinhos de bico, e um leve rascar.

Aproximou-se incerto, cauteloso; esticou o pescoço; espiou ao redor; ficou escutando; ouviu mais distintos os barulhos e aquele canto, que há muitos dias não ouvia mais e já lhe colocara em alvoroço o coração; afinal levantou uma pata e removeu um pouco o tijolo, que servia de tampa para um buraco de descarga das águas de chuva. Removido o tijolo, ficou um instante olhando, convulso, aqui e ali, pronto para dizer, se alguém percebesse, que não fora ele. Depois, confiante, inclinou-se, e dentro daquele buraco entreviu uma graciosa franguinha pintada de branco e preto, a qual, através da fenda, enfiou primeiro o biquinho, depois toda a cabecinha de olhinhos redondos e de nascentes pingentes róseos, como se, com uma graça entre tímida e marota, perguntasse:

– Posso?

De início, ao vê-la, ele estacou, depois arrufou as penas com um arrepio de prazer; esticou o pescoço; abriu as asas; bateu-as; e, por fim, lançou um vigoroso quiquiriquí. Há tempo havia chamado, e eis que alguém começava a responder.

A franguinha, ao grito, empurrou o tijolo com uma patadinha resoluta e, como se fizesse uma reverência, fez-se adiante. Ele então, todo vaidoso e empertigado, exibiu-se para ela de frente e de um lado, e depois do outro lado e por trás, como para se fazer admirar completamente; por fim, levantou uma pata num gesto imperativo e ficou ereto sobre a outra por um tempo; depois, sacudindo-se todo, foi ao seu encontro impetuosamente.

Devagarinho, passo a passo, como que assustada, mas com um gorgolejo na garganta, que parecia uma risadinha mal contida, a franguinha começou a fugir, não para se defender, mas pelo gosto de ser seguida. Quando foi alcançada, sentiu no pescoço e depois nas costas as duas patas poderosas, e assim presa e curvada, inflou-se toda, mas o frêmito de prazer escondia um lamento tímido, sutil, que aos poucos ficou mais distinto, irritadiço, como se pedisse em troca, aliás, exigisse quiquí, quiquí, quiquí para bicar.

A libertação do rei

Quiquí... só ela? Não. Uh, quantas! E por onde entraram? Todas por aquele buraco... Sete, oito, nove, dez galinhas, uma multidão naquele quintalzinho, uma multidão estupefata pela beleza e majestade daquele galo prisioneiro, do qual por tantos dias tinham admirado, ciscando pelo beco, o masculino canto sonoro.

A franguinha escapou das patas do rei, gritando não sei que milagres e espantos, então a estupefação até aquele momento imóvel das outras galinhas tornou-se uma confusão de comovida admiração, e foram reverências, mesuras e um coro confuso de cumprimentos e congratulações, que ele recebeu com altiva dignidade, como devida homenagem, com o pescoço ereto, abanando a crista rendada e as barbelas.

Mas naquele instante, elevou-se no beco o canto rouco, cansado, estrangulado da ira do pequeno e velho galo preto despenado da Mangiamariti, de quem aquela franguinha primeiramente e depois as outras galinhas tinham escapado furtivamente pelo buraco do quintalzinho.

As fugitivas, a este grito de raiva e ameaça, calaram-se desnorteadas, apavoradas, mas logo, para acalmá-las, o jovem rei avançou para o buraco, parou ferozmente diante dele, levantou a pata e respondeu com um grito de desafio.

As galinhas, à espera de sabe-se lá qual terrível acontecimento, recuaram, para o outro lado do quintalzinho e, piando baixinho, dividiam o medo e talvez o arrependimento pela curiosidade que as atraíra ali.

Foi um momento de angustiante expectativa.

Diante do buraco, o galo lançou com maior ferocidade um novo desafio, e esperou. Não houve resposta do beco, mas da cozinha da casa elevaram-se altos gritos de irritação, que perturbaram e desconcertaram o jovem rei e criaram alvoroço entre as galinhas. Corre daqui, escapa dali, elas não achavam mais o buraco para sair de lá, afinal uma o achou e todas as outras a seguiram. Quando a Mangiamariti e dona Tuzza Michis, vociferando cada vez mais alto, desceram ao quintalzinho, todas as galinhas já tinham fugido, exceto uma: a franguinha pintada de branco e preto.

– Onde estão? Onde estão? – gritou a Michis com as mãos na cintura.

– Estão lá! – gritou a outra, precipitando-se sobre a franguinha.

– Oh, quantas! Uma por milagre! Por onde entrou?

– Ah, você não sabe? Olha só que inocente! Aqui, aqui, morde o dedinho! E isto? Isto o que é?

– Ah, o tijolo? Quem o tirou?

– Eu, eu o tirei! Eu! Para fazer você comer o alpiste das minhas galinhas! Não foi você para roubar os ovos...

– Eu, os seus ovos? Eu tenho nojo dos seus ovos, você sabe! Tenho nojo!

– Ah, tem nojo? Devem ser veneno para o seu estômago, veneno, todos aqueles que você roubou. Aqui, aqui! Este tijolo tem que ficar aqui! Assim! Aqui! Senão tapo o buraco por fora e você vai ver o que é bom!

Era uma pena para o galo, que estava assustado assistindo à cena, ver aquela franguinha de cabeça para baixo na mão da dona furiosa. Ah, certamente não voltaria mais, pobre garota, depois dessa lição! Nem ela nem as outras certamente se arriscariam entrar por aquele buraco. Se ele pudesse escapar dali e ir encontrá-las!

Propôs-se tentar. Quando chegou a noite, silencioso e agachado, foi até o canto onde estava o tijolo e, olhando cauteloso e atemorizado para a janela, deu uma primeira patada para removê-lo. Mas aquela terrível vizinha havia tampado muito bem o buraco, afundando o tijolo na terra úmida, apertando com os dedos as bordas do terreno. Antes era preciso soltar o tijolo. De tanto ciscar, ele conseguiu, e afinal o tijolo foi removido. E agora?

Agachou-se para espiar pelo buraco. Do beco íngreme vinha mal e mal o bruxuleio de um lampião. Mas, de repente, uma espécie de sombra densa veio cobrir aquela luz e em troca, no negro do buraco, brilharam dois redondos olhos verdes imóveis. O galo, vendo isso, retirou-se assustado, mas sentiu em cima uma fera negra unhuda, gritou; por sorte, a dona, que parecia estar de guarda, não tardou a escancarar violentamente a janela da cozinha, e aquela fera escapou subindo no muro do quintalzinho.

Ninguém pode tirar da cabeça da Michis, quando pouco depois desceu com o lampião, que a Mangiamariti não tivesse tirado o tijolo com o cabo da vassoura, e depois introduzido aquele gato no buraco para matar o galo. Estava para começar a gritar e acordar toda a vizinhança para que corresse ver e tocar com a mão a traição e a infâmia daquela megera, mas depois pensou que alguns meses atrás ela lhe negara, então grávida, um pouco de um prato saboroso, cujo cheiro, como de costume, se espalhara por todo o beco, e que a outra, na opinião de todos, por aquela vontade não satisfeita, abortara e por pouco não morrera. Melhor, portanto, aguentar e fingir não ter percebido nada.

Agachou-se e tapou de novo o buraco por aquela noite, mas, já convencida de que o galo não estava mais seguro ali, e que a outra, por birra, de algum modo o mataria, decidiu torcer-lhe o pescoço na manhã seguinte. Pegou-o, apalpou-o (ao galo pareceu uma carícia), depois, só para tomar mais um cuidado, jogou-o no corredorzinho escuro, pelo qual se descia ao quintalzinho, e trancou a portinha, que se apoiava apenas nas dobradiças, tão apodrecida que, raspando um pouco, se desmanchava em pó.

No novo cárcere, o galo viu-se perdido. Aos poucos, a fria treva fedendo a mofo começou a se dissipar num ponto,

A libertação do rei

como por efeito de um amanhecer distante. Então, ele foi até aquele ponto que se abria na luz, e colocou a cabeça. Percebeu que a colocara fora da portinha.

Portanto, havia um buraco naquela portinha: o buraco do gato. Um lá, no quintalzinho e outro aqui. Era preciso agora passar pelos dois.

Começou a bicar este, para alargá-lo. Trabalhou toda a noite até de manhã.

Ao amanhecer, humilhado, desesperado, apesar de o trabalho da noite não ter sido totalmente em vão, gritou por socorro com todas as forças que lhe restavam.

Teria sido imaginada no sono, pelas galinhas do beco, já todas apaixonadas pelo jovem rei prisioneiro, a sentença de morte proferida pela Michis? O fato é que, quando elas ouviram de longe o seu grito, uma a uma saíram pela porta do casebre da Mangiamariti deixado semiaberto pelo dono ao sair para o campo, tendo à frente a franguinha pintada de branco e preto, retiraram depressa o tijolo e entraram no quintalzinho. Onde estava o galo? Oh, Deus, lá está ele! Tentava escapar por aquele outro buraco da portinha, e não podia. Todas correram em seu auxílio. Mas surgiu, furioso de ciúmes, o pequeno velho galo preto despenado, que se lançou entre elas, cego de ódio e de raiva, saltando com as penas estufadas, como se tivessem no ar vagalumes que ele quisesse pegar, e se atirou pelo buraco da portinha contra o rival.

Ninguém assistiu ao feroz duelo, lá no vestíbulo escuro. Nenhuma das galinhas, nem mesmo a atrevida franguinha se arriscou a entrar, aliás, todas se puseram a cacarejar como endiabradas. Acordou a Michis, acordou a Mangiamariti, acordou toda a vizinhança. Mas, quando acudiram, o duelo já tinha acabado: o pequeno e velho galo preto jazia morto no chão, com um olho arrancado e a cabeça sangrando.

A Mangiamariti recolheu-o e começou a pranteá-lo como a um filho, enquanto a Michis diante de todas as vizinhas protestava que ela não era responsável, aliás, na noite anterior, para evitar qualquer problema, trancara o galo naquele corredorzinho, tanto era verdade que a portinha ainda estava fechada. A briga entre as duas mulheres inflamou-se com mais ferocidade do que o duelo entre os dois galos. Agora a Mangiamariti, em troca do galo morto, reclamava o galo da Michis.

– E o que faço com este? – gritava a Michis.

– Você o come! – retrucava a Mangiamariti. – Não comprou o outro para comer? Coma este, e que lhe faça mal!

Atacada, vencida pelas vizinhas, dona Tuzza Michis, ao final, precisou ceder.

E assim, entre o aplauso alegre das comadres da vizinhança, ao nascer do sol, com o séquito das galinhas libertadoras, todas em júbilo, tendo à frente a franguinha branca e preta, o jovem rei libertado saiu da casa da Michis em triunfo.

A pirueta

Assim que o chefe da escuderia foi embora, imprecando mais do que de costume, Fofo voltou-se para Nero, seu companheiro de manjedoura, recém-chegado, e suspirou:

– Entendi! Gualdrapas, pompons e penachos. Você está começando bem, meu caro! Hoje é de primeira classe.

Nero virou a cabeça para o outro lado. Não bufou, porque era um cavalo bem educado. Mas não queria dar confiança para aquele Fofo.

Vinha de uma escuderia principesca, onde se podiam usar as paredes como espelho: coxos de freixo em cada baia, sininhos de latão, divisórias forradas de couro e colunatas com o pomo brilhante.

Mas!

O jovem príncipe, agora todo afeiçoado àquelas carroças barulhentas, que tinham – paciência, fedor –, mas também fumaça atrás e andam sozinhas, não contente de já, por três vezes, terem-no feito correr o risco de quebrar o pescoço, logo que a velha princesa (que daqueles diabos não queria saber) fora atacada de paralisia, apressara-se em se desfazer, tanto dele, quanto de Corbino, os últimos remanescentes na escuderia, para o plácido landó da mãe.

Pobre Corbino, sabe-se lá onde foi parar, depois de tantos anos de serviço honrado!

O bom Giuseppe, o velho cocheiro, tinha prometido interceder por eles, indo beijar a mão da princesa, já relegada para sempre a uma poltrona, com outros servos fiéis.

Mas qual! Pelo modo como o velho voltou logo depois e acariciou-os no pescoço e nos flancos, logo ambos compreenderam que toda a esperança estava perdida e a sorte deles, decidida. Seriam vendidos.

E realmente...

Nero ainda não entendia onde estava. Mal, exatamente mal, não. Certo, não era a escuderia da princesa. Mas também era uma boa escuderia. Mais de vinte cavalos, todos baios e velhotes, mas de bela presença, dignos e muito sérios. Oh, seriedade, talvez a tivessem demais!

A pirueta

Que eles também compreendessem bem o trabalho que faziam, Nero duvidava. Aliás, parecia-lhe que todos estivessem continuamente a pensar nisso, sem, todavia, descobrir. Aquele lento balançar das caudas abundantes, aquele raspar de cascos de vez em quando, certamente eram cavalos meditabundos.

Só Fofo estava seguro, seguríssimo de ter compreendido tudo bem.

Animal vulgar e presunçoso!

Pangaré de regimento, descartado depois de três anos de serviço, porque – como dizia – um labrego de um soldado de cavalaria abruzense o havia desancado, não fazia mais do que falar e falar.

Nero, com o coração ainda cheio de saudade de seu velho amigo, não o suportava. Mais do que tudo, chocava-o aquela intimidade e a contínua maledicência contra os companheiros de estábulo.

Deus, que língua!

De vinte, não se salvava um! Este era assim, aquele assado.

"A cauda... olhe lá, por favor, se aquilo é uma cauda! Se aquilo é jeito de mover a cauda! Que animação, hein?

"Cavalo de médico, estou lhe dizendo.

"E lá, lá, olhe lá aquele belo trutrú calabrês, como sacode com graça as orelhas de porco. E que belo topete! e que bela barbada! Muito elegante também, você não acha?

"De vez em quando sonha que não é castrado, e quer fazer amor com aquela égua lá, três baias à direita, está vendo? Com cabeça de velha, baixa na frente e a barriga arrastando no chão.

"Aquilo é uma égua? Aquilo é uma vaca, devo dizer. E se você visse como anda em passo de escola! Parece que seus cascos queimam ao tocar o chão. E espuma tanto, meu amigo! Sim, porque é novinha. Imagine que os incisivos ainda nem saíram!"

Em vão Nero demonstrava de todas as maneiras para aquele Fofo que não queria lhe dar ouvidos. Mas Fofo torturava-o cada vez mais, só para provocá-lo.

"Sabe onde estamos? Estamos numa empresa de expedição. Tem de todos os tipos. Esta é chamada de pompas fúnebres.

"Você sabe o que quer dizer pompa fúnebre? Quer dizer puxar uma carroça negra de formato curioso, alta, com quatro coluninhas que sustentam o teto, tudo adornado de franjas, paramentos e douraduras. Enfim, uma bela carroça de luxo. Mas é um desperdício, pode crer! Um grande desperdício, porque dentro, você vai ver, nunca sobe ninguém.

"Só o cocheiro, muito sério, na boleia.

"Vai-se devagar, sempre a passo. Ah, não tem perigo de você suar e ser escovado na volta, nem que o cocheiro lhe dê uma chibatada ou castigue de alguma outra forma!

"Devagar – devagar – devagar.

"Você sempre chega a tempo aonde tem que chegar.

"Esse carro – já entendi bem – deve ser objeto de particular veneração para os homens.

"Ninguém, como já disse, ousa subir nele e todos, assim que o veem parado diante de uma casa, ficam olhando para ele com o rosto assustado; alguns vêm para perto dele com velas acesas; e assim que começamos a nos mover, muitas pessoas o seguem caladas.

"Muitas vezes, também, na nossa frente vai a banda que toca uma música que dá vontade de vomitar.

"Você, escute bem, tem o vício de bufar e mexer demais a cabeça. Você tem que se livrar desses vícios. Se você bufa por nada, imagine quando ouvir aquela música!

"Nosso serviço é leve, não há como negar, mas é preciso compostura e solenidade. Nada de bufar, nada de arfar. Já é muito que nos concedam balançar a cauda bem devagar.

"Porque o carro que nós puxamos, repito, é muito respeitado. Você vai ver que todos, assim que nos veem passar, tiram o chapéu.

"Sabe como foi que entendi que deve se tratar de expedição? Foi assim:

"Há dois anos, eu estava parado, com um de nossos carros cobertos, diante da grande cerca que é a nossa meta constante.

"Você vai ver essa cerca! Por trás dela há muitas árvores escuras, pontudas, que vão muito alinhadas em duas filas intermináveis, tendo aos lados lindos prados verdes, com uma boa grama gorda desperdiçada, porque nem tente esticar a boca ao passar.

"Chega. Eu estava ali parado, quando se aproximou um pobre antigo companheiro meu de serviço no regimento, que se deu mal: imagine que está puxando um daqueles reboques metálicos compridos, baixos, sem molas.

"Ele disse:

"– Está vendo? Ah, Fofo, não aguento mais!

"– Que serviço? – perguntei.

"E ele:

"– Transporto caixas, o dia todo, de um escritório de expedição para a aduana.

"– Caixas? – eu disse. – Que caixas?

"– Pesadas! – diz ele. – Caixas cheias de coisas para expedir.

"Foi uma revelação para mim.

"Porque você precisa saber que nós também transportamos uma caixa muito comprida. Colocam-na bem devagar (tudo sempre bem devagar) dentro do nosso carro, pela parte de trás; enquanto fazem essa operação, as pessoas ao redor descobrem a cabeça e ficam olhando atônitas. Sabe-se lá por quê! Mas se nós também transportamos caixas, certamente deve se tratar de expedição, você não acha?

A pirueta

"O que diabos tem dentro da caixa? Pesa, acredite! Por sorte transportamos uma de cada vez. "Carga para expedir, certo. Mas que carga, não sei. Parece importante, porque a expedição acontece com muita pompa e grande comitiva.

"Num certo momento, em geral (não sempre), paramos diante de um edifício majestoso, que deve ser o escritório da aduana para nossas expedições. Saem do portão alguns homens vestidos com uma sotaina negra e a camisa de fora (suponho que sejam os aduaneiros); a caixa é tirada do carro; todos descobrem a cabeça de novo; e eles marcam na caixa um salvo-conduto.

"Para onde vai toda essa carga preciosa que nós expedimos, ainda não consegui entender. Mas duvido que os homens também entendam bem; e me consolo.

"Na verdade, a magnificência das caixas e a solenidade da pompa poderiam deixar supor que alguma coisa os homens devem saber sobre essas expedições. Mas os vejo incertos e perplexos demais. Da longa convivência que já tive com eles, tirei esta experiência: os homens fazem muitas coisas, meu caro, sem saber por que as fazem!"

Como Fofo imaginara naquela manhã, pelas imprecações do chefe de escuderia: gualdrapas, pompons e penachos. Tiro de quatro. Era mesmo de primeira classe.

"Viu? Eu não disse?"

Nero viu-se atrelado com Fofo no timão. E Fofo, naturalmente, continuou a aborrecê-lo com suas eternas explicações.

Mas, naquela manhã, ele também estava aborrecido pelo autoritarismo do chefe de escuderia, que nos tiros de quatro atrelava-o sempre ao timão e nunca à balança.

"Que cachorro! Porque, você entende, estes dois na nossa frente são figurantes. O que eles puxam? Não puxam nada! Nós puxamos. Vamos tão devagar! Eles fazem um belo passeio para desenferrujar as pernas, vestidos de gala. Olhe só que raça de animais me toca ver que preferiram! Está reconhecendo?"

Eram os dois baios que Fofo qualificara como cavalo de médico e trutrú calabrês.

"Aquele calabresão! Por sorte, está na sua frente! Você vai sentir, meu caro, vai perceber que de porco não tem só as orelhas, e vai agradecer ao chefe da escuderia que o protege e lhe dá dupla ração. É preciso ter sorte neste mundo, não bufe. Já vai começar agora? Quieto com a cabeça! Ih, se você fizer assim hoje, meu caro, a fúria de puxões de rédea, vai botar sangue pela boca, estou avisando. Hoje tem discursos. Você vai ver que alegria! Um discurso, dois discursos, três discursos... Já me aconteceu o caso de um primeira classe com até cinco discursos! Foi de enlouquecer.

A pirueta

Três horas parado, com todas essas galanterias em cima, que são de tirar o fôlego: as pernas endurecidas, a cauda presa, as orelhas entre dois furos. Alegre, com as moscas lhe comendo por debaixo da cauda! O que são os discursos? Ah! Entendo pouco, estou dizendo a verdade. Essas expedições de primeira classe devem ser muito complicadas. E talvez, com esses discursos, eles expliquem. Uma explicação não basta, e fazem duas; não bastam duas, e fazem três. Chegam a fazer cinco, como disse: fiquei a ponto de dar coices à direita e à esquerda, meu caro, e depois rolar no chão como um louco. Talvez hoje seja a mesma coisa. Grande gala! Você viu o cocheiro como se vestiu? E tem também os criados, os tocheiros. Diga, você é arisco?"

"Não entendo."

"Você se espanta facilmente? Porque vai que colocam as velas acesas bem debaixo do seu nariz... Devagar, uh... devagar! O que você tem? Viu? Um primeiro puxão... Machucou? Ei, você vai ter muitos hoje, estou avisando. Mas o que está fazendo? Está louco? Não espiche o pescoço assim! (Está nadando? Jogando par-ou-ímpar?). Fique parado... Ah sim? Tome mais um puxão... Cuidado, arrebenta minha boca também! Ele é louco! Deus, Deus, é mesmo louco! Arqueja, relincha, sapateia, o que é? Olha que pirueta! É louco! É louco! Faz pirueta puxando carro de primeira classe!"

De fato, Nero parecia realmente enlouquecido: arquejava, relinchava, sapateava, tremia todo. Os criados precisaram vir correndo até o carro para segurá-lo diante dos portões do palácio, onde devia parar, em meio a um grande tropel de senhores de casaca e cartola.

– O que está acontecendo? – gritava-se por toda parte. – Veja, um cavalo do carro mortuário está empinando!

E toda a gente, em grande confusão, reuniu-se em volta do carro, curiosa, maravilhada, escandalizada. Os criados ainda não conseguiam manter Nero parado. O cocheiro estava em pé e puxava furiosamente as rédeas. Em vão. Nero continuava a patear, a relinchar, estremecia, com a cabeça voltada para o portão do palácio.

Só se aquietou quando saiu do portão um velho servidor de libré, que afastou os criados, pegou-o pelas rédeas, e logo, reconhecendo-o, exclamou com lágrimas nos olhos:

– Mas é o Nero! É o Nero! Ah, pobre Nero, claro que faz assim! O cavalo da senhora! O cavalo da pobre princesa! Reconheceu o palácio, sente o cheiro de sua escuderia! Pobre Nero, pobre Nero... calma, calma... está vendo? Sou eu, o seu velho Giuseppe. Bonzinho, assim... Pobre Nero, cabe a você levá-la, está vendo? A sua patroa. Cabe a você, pobrezinho, que ainda se lembra. Ela vai ficar contente de ser transportada por você, pela última vez.

A pirueta

Então se virou para o cocheiro, que, encolerizado pela má figura que a casa de pompas fazia diante de todos aqueles senhores, continuava a puxar furiosamente as rédeas, ameaçando chicotadas, e gritou:

– Chega! Pare! Eu o seguro. É manso como uma ovelha. Sente-se. Vou guiá-lo por todo o trajeto. Vamos juntos, hein Nero? Levar a nossa boa senhora. Devagar como sempre, hein? E você vai se acalmar para não lhe fazer mal, pobre velho Nero, que ainda se lembra. Já a fecharam no caixão, agora vão trazê-la.

Fofo, que do outro lado do timão estava ouvindo, perguntou espantado:

"Dentro da caixa, a sua patroa?"

Nero deu-lhe um coice de través.

Mas Fofo estava absorto demais na nova revelação, para se importar.

"Ah, então, nós," continuou dizendo para si, "ah, então, nós... veja, veja... eu queria dizer... Este velho está chorando, vi muitos outros chorarem, outras vezes... e tantos rostos assustados... e aquela música lânguida. Agora entendo tudo, entendo tudo... Por isso o nosso serviço é tão leve! Somente quando os homens choram, nós podemos ficar alegres e andar devagar..."

E veio-lhe a tentação de também fazer uma pirueta.

A vingança do cão

Sem saber como nem por que, Jaco Naca descobrira-se um belo dia dono de todo o declive em desvão sob a cidade, de onde se gozava a vista magnífica dos campos abertos, cobertos de colinas, vales, e planícies com o mar ao fundo, distante; depois de tanto verde, azul na linha do horizonte.

Um senhor forasteiro, com uma perna de pau que rangia a cada passo, apresentara-se a ele, três anos atrás, todo suado, numas terras no vale de Sant'Anna, infectadas de malária, onde ele estava na qualidade de ajudante, amarelo pela febre, com arrepios nos ossos e os ouvidos zumbindo de quinino; e lhe anunciara que por minuciosas pesquisas nos arquivos viera a saber que aquele declive ali, até agora sem dono, pertencia a ele: se ele quisesse vender-lhe uma parte, para um projeto ainda em estudo, ele pagaria conforme a estimativa de um perito.

Eram rochas, nada mais; com, aqui e ali, alguns tufos de mato, mas que nem as ovelhas, passando, arrancariam para comer.

Enfraquecido pelo veneno lento do mal que lhe destruíra o fígado e consumira as carnes, Jaco Naca quase não sentira espanto nem prazer por aquela sua sorte, e cedera para aquele manco forasteiro grande parte daquelas rochas por um punhado de dinheiro. Mas quando depois, em menos de um ano, vira levantar-se lá em cima dois edifícios, um mais gracioso que o outro, com terraços de mármore e varandas cobertas com vidros coloridos, como nunca se vira por aquelas bandas: uma verdadeira beleza! e cada um com um belo jardinzinho florido e adornado de quiosques e fontes do lado voltado para a cidade, e com pomar e pergolado do lado voltado para o campo e o mar; ouvindo todos elogiarem, com admiração e inveja, a previdência daquele homem, vindo não se sabe de onde, que certamente em poucos anos com o aluguel dos doze apartamentos mobiliados num lugar tão ameno recuperaria a despesa e constituiria uma bela renda, sentira-se enganado e fraudado: a triste inércia, de animal doente, com que por

A vingança do cão

tanto tempo suportara miséria e doenças, transformou-se de repente numa amargura raivosa, pela qual, entre inquietação violenta e lágrimas de exasperação, batendo os pés e mordendo as mãos, puxando os cabelos, pusera-se a gritar por justiça e vingança contra aquele ladrão aproveitador.

Infelizmente, é verdade que, querendo afastar o mal, muitas vezes, arriscamos a topar com um mal pior. Aquele manco forasteiro, para não ser mais incomodado por aquelas inconvenientes recriminações, precipitadamente ofereceu por fora a Jaco Naca um acréscimo ao preço da venda, pouco, mas Jaco Naca, naturalmente, suspeitou que aquele acréscimo lhe fosse oferecido por fora porque o comprador não estava bem seguro de seu direito e quisesse sossegá-lo; os advogados não existem por nada; era recurso aos tribunais. Enquanto aqueles poucos tostões da venda eram gastos em papel timbrado em petições e apelações, entregara-se com a raiva de um cão a cultivar o que restou de sua propriedade, o fundo do valão sob aquelas rochas, onde as chuvas, correndo em grossos regatos sobre o acidentado e íngreme declive da encosta, haviam depositado um pouco de terra.

Então compararam-no a um cão estúpido que, depois de se ter deixado arrancar da boca uma bela coxa de carneiro, agora raivosamente quebrasse os dentes num osso abandonado por quem havia aproveitado a carne.

Um pouco de hortaliça mirrada, uma vintena de não menos mirradas mudas de amendoeiras que ainda pareciam galhos entre as pedras, surgiram lá embaixo no vale estreito como uma fossa, naqueles dois anos trabalhando como um cão; enquanto lá em cima, aéreos diante do espetáculo de todo o campo e do mar, os dois graciosos predinhos resplandeciam ao sol, habitados por gente rica, que Jaco Naca naturalmente imaginava também feliz. Feliz, senão por outra coisa, pelo seu prejuízo e sua miséria.

E para provocar essa gente e pelo menos assim se vingar do forasteiro, quando não podia fazer mais nada, arrastara lá para baixo, na fossa, um grande cão de guarda; prendera-o com uma corrente curta cravada no chão, deixando-o ali, dia e noite, morto de fome, de sede e de frio.

– Grita por mim!

De dia, quando ele estava na horta carpindo, devorado pelo rancor, com os olhos turvos no terroso amarelo do rosto, o cão, por medo, ficava calado. Deitado no chão, com o focinho sobre as patas da frente, no máximo, levantava os olhos e suspirava ou bocejava ganindo, até deslocar as mandíbulas, à espera de algum naco de pão que ele de vez em quando lhe atirava como uma pedra, divertindo-se em vê-lo se inquietar se o naco rolava para longe de onde alcançava a corrente. Mas à noite, assim que ficava sozinho

A vingança do cão

lá embaixo, e depois pela noite toda, o pobre animal começava a latir tão forte e com um sofrimento tão intenso, implorando socorro e piedade, que todos os inquilinos dos dois edifícios acordavam e não conseguiam mais pegar no sono.

De um lado a outro, de um a outro apartamento, no silêncio da noite, ouviam-se os resmungos, as reclamações, as imprecações, a agitação de toda aquela gente acordada no melhor do sono; as chamadas e os choros das crianças assustadas, o bater de pés descalços ou o arrastar dos chinelos das mães.

Era possível continuar assim? De todos os lados choviam reclamações ao proprietário, o qual, depois de ter tentado várias vezes e sempre em vão, com boas e más maneiras, obter daquele coitado que deixasse de martirizar o pobre animal, aconselhara dirigir à prefeitura uma petição assinada por todos os inquilinos.

Mas até a petição não dera em nada. Entre os edifícios e o lugar onde o cão estava preso, havia a distância regulamentar, e ainda, se pela profundidade daquele vale e pela altura dos dois predinhos, os latidos pareciam estar debaixo das janelas, Jaco Naca não tinha culpa: ele não podia ensinar o cão a latir de um modo mais agradável para os ouvidos daqueles senhores; se o cão latia, fazia o seu trabalho; não era verdade que ele não lhe desse de comer; dava o que podia; de tê-lo acorrentado nada se podia falar, porque, solto, o cão voltaria para casa, e ele o tinha ali para guardar aquelas suas terras que lhe custavam suor de sangue. Quatro galhos? Eh, não era qualquer um que tinha a sorte de enriquecer num piscar de olhos, em cima de um pobre ignorante!

– Nada, então? Não havia nada a fazer?

E uma noite daquelas em que o cão começara a uivar para a gélida lua de janeiro, mais angustiosamente do que nunca, de repente, uma janela se abriu com estardalhaço no primeiro dos dois predinhos, e dois tiros partiram, com eco tremendo, em breve intervalo. Todo o silêncio da noite estremecera duas vezes com o campo e o mar, transtornando tudo; e naquele estremecimento geral, berros, gritos desesperados! Era o cão que substituíra o uivo por um latido furioso, e muitos outros cães dos campos vizinhos e distantes também começaram a latir, por muito tempo. Outra janela se abriu no segundo predinho, uma voz irada de mulher e uma vozinha estrídula de menina, não menos irada, gritaram contra a janela de onde haviam partido os tiros:

– Bela proeza! Contra o pobre animal acorrentado!

– Feio, mau!

– Se você tem coragem, devia atirar contra o dono!

– Feio, mau!

A vingança do cão

– Não lhe basta que o pobre animal esteja ali sofrendo de frio, fome e sede? Quer matá-lo também? Que proeza! Que coração!

– Feio, mau!

E a janela foi fechada com um ímpeto de indignação.

A outra ficara aberta, onde o inquilino, que talvez esperasse aprovação de todos os vizinhos, ainda vibrante pela violência cometida, recebera em troca a chicotada daquele irado e mordaz protesto feminino. Ah, sim? Ah, sim e por mais de meia hora, ali seminu, ao frio da noite, como um louco, ele xingara não tanto o maldito animal que há um mês não o deixava dormir, quanto a fácil piedade de certas senhoras que, podendo dormir quanto quisessem de dia, podiam perder sem prejuízo o sono da noite, e ainda com a satisfação... sim, com a satisfação de sentir a ternura de seu coração, compadecendo-se dos animais que tiram o repouso de quem arrebenta a alma trabalhando da manhã à noite. E dizia a alma, para não dizer outra coisa.

Os comentários, nos dois predinhos, duraram a noite toda; acenderam-se em todas as famílias vivas discussões entre quem dava razão ao inquilino que atirara e quem dava razão à senhora que tomara a defesa do cão.

Todos estavam de acordo que aquele cão era insuportável, mas também de acordo que ele merecia compaixão pelo modo cruel com que era tratado pelo dono. Apesar da crueldade dele não ser somente contra o animal, era também contra todos a quem, por meio do animal, tiravam o repouso da noite. Crueldade propositada, vingança meditada e declarada. Ora, a compaixão pelo pobre animal fazia, sem dúvida, o jogo daquele canalha, o qual, mantendo-o assim acorrentado e morto de fome, sede e frio, parecia desafiar a todos, dizendo:

– Se vocês têm coragem, matem-no.

Pois bem, era preciso matá-lo, era preciso vencer a compaixão e matá-lo, para que aquele canalha não vencesse!

Matá-lo? E não seria descontar iniquamente no pobre animal a culpa do dono? Bela justiça! Crueldade sobre crueldade, e dupla injustiça, porque se reconhecia que o animal não só não tinha culpa, mas também tinha razão de reclamar assim! A dupla crueldade daquele desgraçado se voltaria toda contra o animal, se aqueles que não podiam dormir também se voltassem contra ele e o matassem! Por outro lado, porém, havia outro meio para impedir que o cão martirizasse a todos?

– Calma, calma, senhores, – viera advertir o proprietário dos dois predinhos, na manhã seguinte, com sua perna de pau rangente. – Por amor de Deus, calma, senhores!

Matar o cão de um camponês siciliano? Vejam bem antes de tentar! Matar o cão de um camponês siciliano significava ser morto sem remissão. O que ele tinha a perder? Bastava olhá-lo no rosto para entender que, com a raiva que tinha no corpo, não hesitaria em cometer um crime.

Pouco depois, de fato, Jaco Naca, com o rosto mais amarelo do que o habitual e com o fuzil pendurado nas costas, apresentara-se diante dos dois predinhos e, dirigindo-se a todas as janelas de um e de outro, já que não lhe souberam indicar de qual propriamente tivessem partido os tiros, lançara sua ameaça, desafiando que se mostrasse quem ousara atentar contra seu cão.

Todas as janelas ficaram fechadas, apenas a da inquilina que defendera o cão, a jovem viúva do intendente de finanças, senhora Crinelli, abriu-se, e a menina de voz estridente, a pequena Roró, filha única da senhora, fora até a sacada com o rostinho em chamas e os olhinhos brilhando para gritar suas razões, sacudindo os fartos cachos negros da redonda cabecinha atrevida.

Jaco Naca, de início, ouvindo abrir-se aquela janela, tirara depressa o fuzil das costas, mas depois, vendo a menina aparecer, ficara com um torpe sorriso nos lábios escutando o feroz ataque, e ao final, com expressão de desdém, perguntara:

– Quem a mandou, seu pai? Diga-lhe que venha aqui fora, você é pequena!

A partir daquele dia, a violência dos sentimentos em contraste na alma daquela gente, por um lado irritada pelo sono perdido, por outro induzida pela mísera condição daquele pobre cão a uma piedade logo afastada pela forte irritação para com aquele caipirão que fazia do animal uma arma contra eles, não apenas perturbou a delícia de morar naqueles dois edifícios tão admirados, mas exacerbou de tal forma as relações dos inquilinos entre si que, de provocação em provocação, logo se chegou a uma guerra declarada, especialmente entre aqueles dois que primeiro tinham manifestado sentimentos opostos: a viúva Crinelli e o inspetor escolar cavalier[1] Barsi, que havia atirado.

Maliciava-se baixinho que a inimizade entre os dois não era apenas por causa do cão, e que o cavalier Barsi, inspetor escolar, ficaria felicíssimo por perder o sono à noite, se a jovem viúva do intendente de finanças tivesse por ele um pouquinho da compaixão que tinha pelo cão. Lembrava-se que o cavalier Barsi, apesar da repugnância que a jovem viúva sempre demonstrara por sua figura rústica e vulgar, por aqueles seus modos grudentos como a gordura de seus cremes, teimara em cortejá-la, mesmo sem esperança, quase para lhe provocar, quase pelo gosto de se deixar envergonhar e espicaçar até o sangue não só pela jovem viúva, mas também pela filhinha dela, a pequena Roró, que olhava todos com olhos hostis, como se acreditasse estar

---

[1] Cavaliere (cavaleiro) da Coroa da Itália, título com o qual a monarquia italiana homenageava, por algum mérito, membros na sociedade.

num mundo ordenado de propósito para a infelicidade da sua bela mãezinha, a qual sempre sofria por tudo e chorava muito, por nada, silenciosamente. Quanta inveja, quantos ciúmes e quanto despeito entravam no ódio do cavalier Barsi, inspetor escolar, por aquele cão?

Toda noite, ouvindo os ganidos do pobre animal, mãe e filha, abraçadas apertado na cama como para resistir juntas ao tormento daqueles longos gemidos, ficavam na expectativa cheia de terror, que a janela do predinho ao lado se abrisse e que, com a cumplicidade das trevas, outros tiros fossem dados.

– Mamãe, oh, mamãe, – gemia a menina tremendo – agora ele atira! Ouça como grita! Agora ele mata!

– Mas não, fique tranquila, – tentava confortá-la a mãezinha, – fique tranquila, querida, ele não vai matá-lo! Tem muito medo do camponês! Você não viu que não ousou chegar à janela? Se ele matar o cão, o camponês o mata. Fique tranquila!

Mas Roró não conseguia se tranquilizar. Há algum tempo, parecia ter uma fixação pelo sofrimento daquele animal. Ficava todo o dia olhando da janela para o vale, e se consumia de piedade por ele. Gostaria de descer lá para confortá-lo, acariciá-lo, levar-lhe comida e água, e várias vezes, nos dias em que o camponês não estava, pedira licença à mãe para fazer isso. Mas esta, por medo que aquele desgraçado viesse, ou por temor que a menina escorregasse no declive rochoso, nunca permitia. Finalmente ela permitiu, para provocar Barsi, depois do atentado daquela noite. Ao anoitecer, quando viu Jaco Naca ir embora com a enxada no ombro, colocou nas mãos de Roró um guardanapo amarrado pelas quatro pontas cheio de nacos de pão e os restos do almoço, e lhe recomendou que ficasse bem atenta para não colocar o pezinho em falso na descida. Ela estaria à janela para vigiá-la.

Chegaram à janela com ela muitos e muitos outros inquilinos para admirar a corajosa Roró que descia naquele triste fosso para socorrer o animal. Barsi também chegou à sua janela, e seguiu com os olhos a menina, sacudindo a cabeça e esfregando as faces ásperas com a mão sobre a boca. Não era um aberto desafio a ele toda aquela caridade ostentada? Pois bem: ele aceitaria o desafio. Comprara pela manhã uma pasta envenenada para, numa daquelas noites, jogar ao cão e se livrar dele em silêncio. Iria jogá-la naquela noite mesmo. Entretanto, ficou ali para apreciar até o fim o espetáculo daquela caridade e todas as amorosas exortações daquela mamãezinha que gritava da janela para sua filha não chegar muito perto do animal, que, não a conhecendo, podia mordê-la.

O cão, de fato, latia ao ver a menina se aproximar e, preso pela corrente, saltava de lá para cá, ameaçadoramente.

A vingança do cão

Mas Roró, segurando o guardanapo pelas quatro pontas, ia adiante segura e confiante de que ele certamente iria compreender a sua caridade. Já à primeira chamada abanava o rabo, mesmo continuando a latir; e agora, ao primeiro naco de pão, não latia mais. Oh, pobrezinho, pobrezinho, com que voracidade engolia os nacos um depois do outro! Mas agora, agora vinha o melhor... E Roró, sem a mínima apreensão, estendeu com as duas mãozinhas o papel com os restos do almoço sob o focinho do cão que, depois de comer e lamber muito o papel, olhou para a menina, primeiro quase maravilhado, depois com afetuoso reconhecimento. Quantas carícias não lhe fez então Roró, cada vez mais animada e feliz da sua confiança correspondida; quantas palavras de piedade não lhe disse; chegou até a beijá-lo na cabeça, tentando abraçá-lo enquanto a mãe lá em cima, sorrindo e com lágrimas nos olhos, gritava para que voltasse. Mas o cão agora queria brincar com a menina: agachava-se, depois saltava faceiro, sem se preocupar com os puxões da corrente, e se retorcia todo, ganindo de alegria.

Roró não devia pensar, naquela noite, que o cão estivesse tranquilo porque ela lhe dera de comer e o confortara com suas carícias? Uma vez só, por pouco tempo, a uma certa hora, ouviram-se seus latidos, depois, mais nada. Certamente o cão, saciado e contente, dormia. Dormia, e deixava dormir.

— Mamãe, – disse Roró, feliz com a solução finalmente encontrada. – Amanhã de manhã de novo, mamãe, não é?

— Sim, sim, – respondeu a mãe, não compreendendo bem, no sono.

E na manhã seguinte, o primeiro pensamento de Roró foi ver o cão que não se ouvira a noite toda.

Lá estava ele, deitado de lado no chão, com as quatro patas esticadas, retas, como dormia bem! E no vale não havia ninguém. Parecia haver apenas o grande silêncio que, pela primeira vez, naquela noite, não tinha sido perturbado.

Junto com Roró e a mãe, os outros inquilinos também olhavam espantados aquele silêncio lá embaixo e aquele cão que ainda dormia, estendido daquele jeito. Então era verdade que o pão e as carícias da menina tinham feito o milagre de deixar dormir todos e também o pobre animal?

Só a janela de Barsi estava fechada.

E já que ainda não se via o camponês, e talvez por aquele dia, como frequentemente acontecia, não seria visto, muitos dos inquilinos convenceram a senhora Crinelli a render-se ao desejo de Roró para levar ao cão – como ela dizia – o café da manhã.

— Mas cuidado, devagar, – advertiu a mãe. – E depois volte sem demora, hein?

Continuou a adverti-la da janela enquanto a menina com passinhos rápidos, mas cautelosos, mantendo a cabecinha

A vingança do cão

baixa, sorria pensando na festa que esperava de seu grande amigo que ainda dormia.

Lá embaixo, sob a rocha, todo encolhido como uma fera de tocaia, estava Jaco Naca, com o fuzil. A menina, voltando-se, subitamente deu de cara com ele; teve apenas tempo de olhá-lo com olhos assustados: o tiro ressoou, e a menina caiu de costas, entre os gritos da mãe e dos outros inquilinos, que viram com horror o pequeno corpo rolar encosta abaixo, até o cão inerte, com as quatro patas estiradas.

Vitória das formigas

Uma coisa por si só talvez ridícula, mas, para todos os efeitos, terrível: uma casa toda invadida pelas formigas. E este pensamento maluco: que o vento tivesse se aliado com elas. O vento com as formigas. Aliado, com aquela leviandade que lhe é própria, de no ímpeto não poder parar nem um minuto para refletir no que faz. Dito e feito, uma lufada de vento levantara-se justamente no momento em que ele tomava a decisão de colocar fogo no formigueiro diante da porta. Dito e feito, a casa, em chamas. Como se para livrá-la das formigas ele não tivesse encontrado outro expediente a não ser incendiá-la.

Mas antes de chegar a esse ponto decisivo, é melhor lembrar de muitas coisas anteriores que podem explicar, de alguma forma, tanto como as formigas puderam invadir a casa, quanto como surgiu nele o pensamento extravagante dessa aliança entre as formigas e o vento.

Reduzido à fome, do estado confortável que o pai o havia deixado ao morrer, abandonado pela esposa e pelos filhos que viviam às suas custas, finalmente libertados de sua prepotência que se podia qualificar de muitas maneiras, mas principalmente incongruente; ele, que ao contrário acreditava-se vítima deles por demasiada indulgência e nunca correspondido por nenhum deles em seus gostos pacíficos e suas ponderadas opiniões; vivia só, num palmo de terra que lhe restara de todos os bens que antes possuía, casas e terrenos; um palmo de terra saneada, nos arredores da cidade, na encosta do vale, com um casebre de apenas três cômodos, onde antes morava o camponês que lhe arrendava a terra. Agora ele morava ali, o senhor pior do que o mais miserável camponês; ainda vestido com roupa de senhor, que nele parecia horrivelmente mais esfarrapada e suja do que num mendigo que a tivesse recebido como esmola. No entanto, aquela sua espantosa miséria senhoril às vezes parecia quase alegre, como certos remendos coloridos que os pobres usam em suas roupas e quase fazem deles uma bandeira. Em seu rosto pálido, nos olhos tristes mas vivos, havia um quê de alegria que combinava com os encaracolados cabelos esvoaçantes, meio grisalhos e meio vermelhos; e certos risonhos reflexos nos olhos, logo contidos ao pensar que, vistos por acaso por alguém, achassem que era louco. Ele entendia muito bem que era fácil que os outros o julgassem assim. Mas estava mesmo contente de fazer as coisas como gostava; e saboreava com gosto infinito aquele pouco e quase nada que lhe podia oferecer a pobreza. Não tinha nem o suficiente para acender o fogo todos os dias para cozinhar uma sopa de favas ou de lentilhas. Gostaria, porque ninguém sabia fazê-las melhor do que ele, dosando com tanta arte o sal e a pimenta, misturando algumas verduras apropriadas que, durante o cozimento, só de sentir o cheiro inebriavam; e depois, comendo, um mel. Mas ele podia prescindir dela. À noite, bastava-lhe sair a dois passos da porta, colher na horta um tomate, uma cebola como acompanhamento para o duro pão que com meticuloso cuidado fatiava com uma faquinha, e com dois dedos, pedacinho por pedacinho, levava à boca como um bocado saboroso.

Havia descoberto essa nova riqueza, na experiência de que é preciso muito pouco para viver bem e sem preocupações; com o mundo todo para si, já que não se tem mais casa, nem família, nem preocupações, nem negócios; sujo, maltrapilho, vá lá, mas em paz; ficar sentado à noite, à luz das estrelas, na soleira de um casebre; e se aparecer um cachorro, também perdido, fazê-lo deitar ao lado e acariciar sua cabeça: um homem e um cão, sozinhos na terra, sob as estrelas.

Mas sem preocupações, não era verdade. Pouco depois, jogado num enxergão no chão como um animal, em vez de dormir começava a roer as unhas e, sem se dar conta, a arrancar com os dentes, até tirar sangue, as pontas dos dedos, que depois ardiam, inchadas e supuradas por vários dias. Ruminava tudo o que deveria ter feito e que não fizera para salvar seus bens; e se retorcia de raiva ou gania de remorso, como se sua ruína tivesse acontecido ontem, como se ontem tivesse fingido não perceber que aconteceria dentro em pouco e que já não havia mais como remediar. Não podia acreditar! Uma depois da outra, deixara levar embora pelos usurários as terras, uma depois da outra as casas, para poder dispor de um pouco de dinheiro escondido da esposa, para pagar alguma pequena passageira distração (realmente, nem pequena, nem passageira; era inútil agora buscar atenuações; devia redondamente confessar que vivera escondido por anos como um verdadeiro porco, sim, devia dizer assim: verdadeiro porco; mulheres, vinho, jogo) e bastara-lhe que a esposa não percebesse nada, para

Vitória das formigas

continuar a viver como se ele também não soubesse da ruína iminente; e desafogava a bile e as inquietações secretas no filho inocente que estudava latim. Sim, senhores. Incrível: ele também começara a estudar latim, para vigiar e ajudar o filho; como se não tivesse nada para fazer e isso fosse realmente uma atenção e um cuidado, que pudesse compensar o desastre que preparava para toda a família. Esse desastre, para sua secreta exasperação, era o mesmo para o qual se dirigia o filho se não conseguisse compreender o valor do ablativo absoluto ou da forma adversativa; enfurecia-se explicando, e toda a casa tremia com seus gritos e suas fúrias pelo aparvalhamento do pobre rapaz, que talvez os tivesse compreendido por si devagar. Com que olhos olhara-o uma vez, depois de um tabefe! No ímpeto do remorso, repensando no olhar do rapaz, agora arranhava as faces com os dedos retorcidos e se xingava: porco, porco, malvado: enfurecer-se com um inocente!

Deixava o enxergão; desistia de dormir; voltava a sentar à porta do casebre; e ali, o silêncio sem fim dos campos imersos na noite, aos poucos, o aplacava. O silêncio, não perturbado, parecia aumentado pelo remoto cricrilar dos grilos que vinha do fundo do grande vale. O outono já chegara aos campos, e ele amava os primeiros dias úmidos velados, quando começam a cair as chuvas leves, que lhe davam, sabe-se lá por que, uma vaga nostalgia da infância distante, as primeiras sensações tristes, mas doces, que criam afeição pela terra, pelo seu odor. A emoção enchia-lhe o peito; a angústia fechava-lhe a garganta, e começava a chorar. Era destino que ele terminasse no campo. Mas realmente não esperava.

Não tendo força nem meios para cultivar aquele pouco de terra, que produzia apenas para pagar a taxa fundiária, cedera-a ao camponês que alugava as terras ao lado, com a condição de que ele pagasse a taxa e lhe desse apenas de comer; pouco, quase uma esmola, do que produzia a terra: pão e verduras, para fazer, se tivesse vontade, uma sopa de vez em quando.

Estabelecido o acordo, começara a considerar tudo o que se via ao redor, amêndoas, olivas, milho, hortaliças, como coisas que não pertenciam mais a ele. Somente o casebre era seu, passara a olhá-lo como sua única propriedade e não podia deixar de sorrir com a mais amarga zombaria. As formigas já o tinham invadido. Até então se divertira vendo-as passar em procissões infinitas pelas paredes dos cômodos. Eram tantas, que às vezes parecia que as paredes tremulavam. Mas gostava mais de vê-las andar em todas as direções sobre os ridículos móveis senhoris daquela que fora antigamente sua casa na cidade, destroços do naufrágio de sua família, entulhados em desordem e todos com um dedo de pó em cima. No ócio, para se distrair, começara a estudar as formigas por horas e horas.

Eram formigas minúsculas e delgadas, frágeis e rosadas, um sopro podia levar mais de cem; mas logo outras cem surgiam de todas as partes; e como trabalhavam; a ordem na pressa; essas equipes aqui, essas outras lá; num vai e vem sem descanso; chocavam-se, desviavam por um trecho, mas depois voltavam ao caminho, e decerto entendiam-se e se consultavam entre elas.

Ainda não lhe parecera, talvez por serem delgadas e pequenas, que pudessem ser temíveis, que quisessem se apoderar da casa e dele mesmo e não deixá-lo mais viver. Encontrara-as por todas as partes, em todas as gavetas; vira--as sair de onde menos esperava; algumas vezes encontrara--as até na boca, ao comer algum pedaço de pão que deixara por um instante sobre a mesa ou em outro lugar. Ainda não tivera a ideia de que precisasse seriamente se defender, que precisasse seriamente lutar. A ideia viera de repente, uma manhã, talvez pelo ânimo em que estava, depois de uma noite mais negra do que as outras.

Tirara o casaco para levar para dentro do casebre alguns feixes de espigas, cerca de vinte, que depois da colheita o camponês ainda não transportara para suas terras e deixara a descoberto. O céu, durante a noite, fechara, e a chuva parecia iminente. Habituado a nunca fazer nada, por causa daquele trabalho insólito e daquela estúpida previdência, já que os feixes não pertenciam a ele e sim ao camponês, cansara-se tanto, que quando foi achar lugar dentro do casebre, já entupido, para o último feixe, não aguentou mais, deixou o feixe junto à porta, e sentou-se para descansar um pouco.

De cabeça baixa, com os braços apoiados nas pernas abertas, deixou cair as mãos. À certa altura viu-as sair pelas mangas da camisa sobre as mãos dependuradas, formigas que passeavam, sob a camisa, em seu corpo como se estivessem em casa. Ah, talvez por isso não conseguisse mais dormir à noite e todas as preocupações e remorsos o assaltassem. Enfureceu-se e decidiu, naquele momento, exterminá-las. O formigueiro ficava a dois passos da porta. Botaria fogo nele.

Como não pensou no vento? Oh, não. Não pensou porque não tinha vento, não tinha. O ar estava imóvel, à espera da chuva que cobria os campos, naquele silêncio suspenso que precede a queda das primeiras gotas grossas. Não caía uma folha. A lufada veio de improviso, à traição, assim que ele acendeu o feixe da palha colhida no chão; segurava-o na mão como uma tocha; ao baixá-lo para atear fogo ao formigueiro, o vento levou as fagulhas para o feixe deixado diante da porta, logo o feixe se acendeu e ateou fogo aos outros feixes guardados dentro da casa, onde o incêndio irrompeu crepitando e enchendo tudo de fumaça. Como um louco, berrando com os braços levantados, jogou-se dentro da fornalha, talvez esperando apagá-la.

Quando foi resgatado pela gente que acudiu, foi um susto vê-lo horrivelmente queimado e ainda vivo, aliás, furiosamente exaltado, gesticulando, com chamas nas vestes e nos cabelos desgrenhados. Morreu poucas horas depois no hospital, para onde foi levado. No delírio, gritava contra o vento, contra o vento e as formigas.

– Aliança... aliança...

Mas já sabiam que era louco. Aquele seu fim, sim, foi lastimado, mas com um certo sorriso nos lábios.

A prova

Pode lhes parecer estranho que eu esteja, agora, a ponto de fazer um urso entrar na igreja. Peço que me deixem fazê-lo, porque não sou exatamente eu. Por mais extravagante e sem preconceitos que eu possa ser, sei do respeito com que devemos nos comportar numa igreja e uma ideia como essa jamais me viera à mente. Mas veio a dois jovens clérigos do convento de Tovel, um nativo de Tuenno e o outro de Flavòn, que tinham ido à montanha para se despedir de seus parentes antes de partir como missionários para a China.

Um urso, entende-se, não entra na igreja assim, por entrar, quero dizer, como se nada fosse. Entra por um autêntico milagre, como imaginaram esses dois jovens clérigos. Certo, para acreditar nisso, é preciso ter nem mais nem menos de sua fácil fé. Mas convenhamos que nada é mais difícil de ter do que coisas fáceis. Por isso, se vocês não têm a dita fé, podem até não acreditar, e podem até rir deste urso que entra na igreja porque Deus lhe deu a incumbência de colocar à prova a coragem dos dois novos missionários, antes de sua partida para a China.

Aí está, entretanto, o urso diante da igreja que levanta com a pata a pesada cortina de couro da porta. Agora, um pouco perdido, entra na sombra e entre os bancos em fila dupla da navata central inclina-se para espiar, depois pergunta com graça à primeira beata:

– Desculpe, a sacristia?

É um urso que Deus fez digno de uma Sua incumbência, e não quer errar. Mas a beata também não quer interromper sua prece e, irritada, mais com um sinal de mão do que com a voz, indica a direção, sem levantar a cabeça nem os olhos. Assim não sabe ter respondido a um urso. De outra forma, sabe-se lá quantos gritos.

O urso não leva a mal, vai até lá e pergunta ao sacristão:

– Por favor, Deus?

O sacristão pergunta perplexo:

– Como, Deus?

E o urso, espantado, abre os braços:

– Não está em casa?

O sacristão ainda não acredita no que vê, tanto que exclama quase em tom de pergunta:

– Mas você é um urso!

– Sim, um urso, como você pode ver; não estou me fazendo passar por outra coisa.

– Sem dúvida, mas um urso quer falar com Deus?

Então o urso não pode deixar de olhá-lo com compaixão:

– Você deveria se espantar de eu estar falando com você, isso sim. Deus, segundo suas regras, fala melhor com os animais do que com os homens. Mas agora me diga se você conhece dois jovens clérigos que partem amanhã como missionários para a China.

– Conheço. Um é de Tuenno e o outro de Flavòn.

– Exatamente. Sabe que foram às montanhas despedirem-se de seus parentes e devem voltar ao convento antes da noite?

– Sei.

– E quem você acha que me deu todas essas informações se não Deus? Agora saiba que Deus quer submetê-los a uma prova e deu essa incumbência para mim e para um ursinho meu amigo (eu poderia dizer filho, mas não digo porque nós animais não reconhecemos mais como nossos filhos os nossos descendentes depois de uma certa idade). Não quero errar. Gostaria de uma descrição muito precisa dos dois clérigos para não assustar imerecidamente outros dois clérigos inocentes.

A cena é aqui representada com uma certa malícia que certamente os dois clérigos, ao imaginá-la, não levaram em conta, mas que Deus fale melhor com os animais do que com os homens não me parece que seja coisa de duvidar, levando em conta que os animais (desde que não tenham qualquer contato com os homens) estão sempre seguros daquilo que fazem, melhor do que se soubessem; não porque esteja certo ou esteja errado (pois essas são melancolias que só os homens têm), mas porque seguem obedientes a sua natureza, isto é, o meio de que Deus se serve para falar com eles. Os homens, ao contrário, petulantes e presunçosos, por querer entender tudo pensando com suas cabeças, no final não entendem mais nada; nunca estão certos de nada; e são completamente alheios a essas relações diretas e precisas de Deus com os animais; e digo mais, nem ao menos suspeitam que elas existam.

O fato é que ao entardecer, voltando ao convento, quando deixaram a trilha da montanha para tomar o caminho que conduz ao vale, os dois jovens clérigos viram o caminho impedido por um urso e um ursinho.

Era final de primavera; portanto não era mais a época em que os ursos e os lobos descem famintos dos montes. Os

A prova

dois jovens clérigos, até agora, tinham caminhado contentes em meio aos campos plantados já altos, que prometiam uma colheita abundante, com a vista alegrada pelo frescor de todo aquele verde novo que, dourado pelo sol que se punha, espalhava-se deliciosamente pelo grande vale.

Pararam amedrontados. Estavam, como devem estar os clérigos, desarmados. Só o de Tuenno tinha um rústico bastão apanhado na estrada, descendo da montanha. Inútil para enfrentar os dois animais.

Por instinto, de início, voltaram-se para olhar para trás em busca de ajuda ou de fuga. Mas tinham deixado pouco mais acima apenas uma garotinha que com uma varinha cuidava de três porquinhos.

Viram que ela também se voltara para olhar para o bosque, mas sem o mínimo sinal de espanto cantava, agitando lentamente aquela sua varinha. Estava claro que não via os dois ursos. Mas eles estavam ali bem à vista. Como não os via?

Espantados com a indiferença daquela menininha, por um instante acreditaram que, ou aqueles dois ursos eram uma alucinação, ou que ela já os conhecia como ursos do lugar, domesticados e inofensivos; pois não podiam admitir que ela não os visse: o maior, ereto e imóvel guardando a estrada, enorme contra a luz e todo negro, e o outro, menor, que vinha se aproximando bem devagar, balançando-se sobres as patas curtas, agora começava a girar ao redor do clérigo de Flavòn e, ao girar, cheirava-o devagar por todos os lados.

O pobre jovem levantara os braços em sinal de rendição ou para salvar as mãos e, não sabendo mais o que fazer, olhava-o andar ao seu redor, com o espírito suspenso. Depois, em certo instante, lançando um olhar disfarçado para o companheiro, e vendo-se pálido nele como num espelho, quem sabe por que, ficou vermelho e sorriu. Foi o milagre. O companheiro também, sem saber por que, sorriu. E imediatamente os dois ursos, vendo aquela troca de sorrisos, como se eles também tivessem trocado um sinal, tranquilamente foram em direção ao fundo do vale.

A prova para eles estava feita e sua tarefa cumprida.

Mas os dois clérigos ainda não tinham entendido nada. Tanto é verdade que, naquele momento, vendo os dois ursos irem embora tão tranquilamente, ficaram por um bom tempo incertos, seguindo com os olhos aquela repentina e inesperada retirada, e já que esta, pela natural falta de jeito dos dois animais, não podia deixar de ser ridícula, voltaram a se olhar, e não encontraram uma forma melhor para descarregar todo o medo que sentiram a não ser numa longa e fragorosa risada. O que certamente não teriam feito, se tivessem logo entendido que aqueles dois ursos tinham sido mandados por Deus para colocar a coragem deles à

A prova

prova e que por isso rir dos ursos tão espalhafatosamente era o mesmo que rir de Deus. Se uma suposição desse tipo tivesse passado pela cabeça deles, mais do que em Deus, pelo medo que passaram, teriam pensado no diabo, que teria querido pregar uma peça nos dois ao mandar aqueles dois ursos.

No entanto, entenderam que havia sido o próprio Deus e não o diabo, quando viram os dois ursos voltarem-se à sua risada, ferozmente irritados. Por certo, naquele momento os dois ursos esperavam que Deus, indignado de tanta incompreensão, mandasse-os voltar e punir os dois desajuizados, comendo-os.

Confesso que eu, se fosse deus, um pequeno deus, faria isso.

Mas o Deus grande já havia compreendido tudo e perdoado. Aquele primeiro sorriso dos dois jovens clérigos, apesar de involuntário, mas certamente causado pela vergonha de ter tanto medo, eles que iriam ser missionários na China, impuseram-se não tê-lo. E esse sorriso bastara para Deus, justamente porque surgira assim, inconscientemente, no medo, e por isso ordenara aos dois ursos que se retirassem. Quanto à segunda risada, tão espalhafatosa, era natural que os dois jovens acreditassem estar dirigindo-a ao diabo que lhes quisera meter medo, e não a Ele que quisera pôr a coragem deles à prova. E isto, porque ninguém melhor do que Deus pode saber por experiência continuada que muitas ações, que os homens com sua curta visão imaginam serem más, Ele próprio as faz para seus altos fins secretos, e os homens, ao contrário, acreditam bobamente que seja o diabo.

As fábulas da raposa

Há algum tempo comecei a suspeitar que aqui e ali nas fábulas mais engenhosas de certos moralistas estivesse a patinha da raposa. Mas depois, refletindo melhor e pouco a pouco relendo quase todas as fábulas que até nossos dias, em prosa e em versos, são repetidas, concluí:

– Não! Eu calunio a raposa.

E apenas a primeira suspeita me havia passado, logo uma outra, não sei como, caiu-me na alma: que deviam existir em algum lugar fábulas originais da raposa, isto é, de Messer Renardo, como alguns moralistas a chamaram.

Comecei então a procurar ansiosamente, apesar de não ter qualquer indício: busquei, remexi em grutas e em tocas, pelos campos, nas frestas e cavernas das rochas, nos buracos dos troncos de árvores centenárias, mas, infelizmente, sem qualquer resultado. Passaram-se muitos anos, durante os quais eu, às minhas expensas, tristissimamente aprendi a conhecer de modo bem diferente os homens e a vida; e não pensava mais em resgatar as supostas fábulas da raposa, quando, de repente, numa manhã, aconteceu-me de descobrir a toca onde Messer Renardo havia depositado suas tão procuradas fábulas.

Essa toca estava exatamente dentro de mim. Eu nunca teria suspeitado. Estava em meu cérebro, assim como os homens com suas inimizades e a sorte com sua adversidade haviam-no reduzido.

Agora estou contente de poder mostrar aqui duas dessas novíssimas fábulas, ambas em forma de diálogo. Quanto às outras, espero, virão à luz, quando seu autor não mais a vir.

Primeira fábula
Personagens do diálogo: Eu Renardo; Um vizinho meu.

VIZINHO – Então é verdade, Messer Renardo, a notícia de que entre nós, bichos livres, senhores do mundo...

RENARDO – Fale baixo, caro vizinho.

VIZINHO – Por que está rindo, Messer Renardo?

RENARDO – Estou rindo? Não; penso que isso de liberdade e de ser dono do mundo deve certamente ser uma doença comum a todos os que habitam e nasceram na Terra. Há pouco tempo, antes que o senhor viesse, me divertia escutando dois passarinhos, que ali naquela árvore diziam que o ar e todo o céu eram feitos para eles, e que são seus senhores absolutos. E o mesmo, de um lado a outro, dizem os homens ao redor da Terra. Mas os homens também dizem e fazem tantas outras coisas, que nem os pássaros, nenhum outro bicho já pensou em dizer ou fazer.

VIZINHO – Como assim, Messer Renardo? O senhor negaria...

RENARDO – Nunca nego nada, caro vizinho. Sempre digo que o senhor tem razão, mas que, me desculpe, eu penso de outro modo. Basta. Continuando, qual notícia foi divulgada entre vocês, bichos livres (eu me considero seu mais humilde servidor), senhores do mundo?

VIZINHO – Que o senhor pretende compor fábulas em resposta a todas aquelas que há muito tempo os homens estão fazendo contra nós.

RENARDO – É verdade, meu amigo! Não contra os homens, mas contra os bichos, se tanto, mas com a finalidade – fique claro! – de corrigir seus defeitos.

VIZINHO – Grande coisa, Messer Moralista! Ah, então o senhor também se juntou com aqueles vis animais, que por encanto se deixaram domesticar pelos homens e agora, junto com eles, nos declaram guerra? Muito bem! Muito bem!

RENARDO – Não há de que, caro vizinho. O senhor então acredita que os homens em suas fábulas tenham falado mal de nós? Nem por sonho! Fizeram-nos pensar com a cabeça deles, colocaram em nossas bocas as suas doutas palavras, mas para retratar somente as suas tolices e seus vícios. O senhor quer um exemplo? Se um fabulista faz um asno falar como um homem tolo, tolo é o asno, caro vizinho? Asno é o homem!

Segunda Fábula
Personagens do diálogo: Eu Renardo; Compadre Coelho.

COELHO – Messer Renardo, Messer Renardo, me ajude, por favor.

RENARDO – Que contrariedade lhe aconteceu, meu pequeno amigo?

COELHO – Não, não, Messer Renardo. Venho pela honra lamentar-me com o senhor.

RENARDO – E que bicho seria esta honra, meu coelhinho? Nunca ouvi falar.

COELHO – Não é um bicho, Messer Renardo; é uma palavra que corre entre os homens.

RENARDO – Ah, agora entendo! Por acaso você ouviu dizer que esta palavra corre entre os homens muito mais do que você entre os animais? Deixe-a correr, meu coelhinho! Não faça como os cavalos, que frequentemente empacam por causa de uma sombra.

COELHO – Não, não é isto, Messer Renardo; o senhor ainda não me entendeu. Os homens dizem que eu sou um bichinho medroso, e o senhor sabe por quê? Porque assim que os vejo eu fujo. Mas posso lhe dizer, Messer Renardo, que já fiz muitas vezes fugir ratos do campo, grilos, lagartixas, passarinhos, e que se o senhor perguntasse a eles sobre mim, sabe-se lá o que responderiam; certamente não que eu sou um bicho medroso. Ou será que os homens pretenderiam que na presença deles eu me levantasse em duas patas e fosse-lhes ao encontro para me deixar prender e matar? Acho que, na verdade, entre os homens, Messer Renardo, não deve haver muita diferença entre heroísmo e imbecilidade.

RENARDO – Você diz sempre correr, meu coelhinho! Mas sim, creio que desta vez você esteja dizendo a verdade.